诗是你的名字

米成洲诗集

米成洲 著

作家出版社

博客HTTP://BLOG.SINA.COM.CN/U/1289958691

微博HTTP://WEIBO.COM/U/1289958691?SOURCE=BLOG

作者简介

米成洲，又名:米石子，高级工程师，中国作家协会会员，中国诗歌学会会员。

二十世纪八十年代开始发表作品，其作品散见于省级以上报刊、杂志及网络，曾发表短篇小说《异情》《借贷》《阿拉丁神灯》《私生女》《儿童的战争》等。

著有诗集《颤动的风》《流火》《十二个女人》《从黎明出发》《突围》《米成洲诗选》《诗路》《诗雨漫天》《灵魂边沿》《远方的远方》《无法在一首诗里陶醉》及长篇小说《灵魂草》。

序：岁月静好

坐落在英国伦敦泰晤士河北岸世界闻名的威斯敏斯特大教堂，不仅是因为其历史悠久，更在于大教堂地下室里有一座再普通不过的墓碑，从外形和碑材材质都不能与其周围的亨利二世到乔治三世等二十多位英国国王的墓碑相比，无名碑与其相比，显得相形见绌。

然而，最有名的是这座无名碑上所刻的碑文：

当我年轻的时候，我的想象力从没有受到过限制，我梦想改变这个世界。

当我成熟以后，我发现我不能够改变这个世界，我终将目标缩短了些，决定只想改变这个国家。

当我进入暮年以后，我发现我不能够改变我的国家，我的最后愿望仅仅是改变一下我的家庭。但是，这也不可能。

当我现在躺在床上，行将就木时，我突然意识到——

如果一开始我仅仅去改变我自己，然后作为一个榜样，我可能改变我的家庭；在家人的帮助和鼓励下，我可能为国做一些事情。

然后，谁知道呢？我甚至可能改变这个世界。

岁月静好，当我为即将出版的诗集《诗是你的名字》作序时，我就想到了英国威斯敏斯特大教堂里的无名碑上的碑文。此碑文朴实无华，每当在我工作劳累感到生活乏味或情感缺失时，就想起此碑文的含义，马上就能安抚我浮躁的情感及躁动的情绪。在尘世，我们每一个人既是独立的单元体又是旁观者，一人一世界，一个人改变不了世界，但能或多或少地影响这个世界。每个人对事物都有认知，在认知别人时，偏偏忽视了自己，只拿镜子照别人，而当自己认识到自我错误时，往往也会放弃，从不改正，或者改正不彻底……

当下，人们在价值观的认知上偏执很大，往往把物质价值看得很重，于是，大家都去比车、比房、比消费奢侈品；把精神文化看得很轻，于是，大家就去跑路找捷径，只要能达到目的就不择手段，难怪这个社会会出现人不人鬼不鬼的怪相，人人都知道这不可取，可偏偏都去做。于是，走仕途经商的人们就去市场购买能够短时间使人发迹的东西及所谓的专家演讲视频。这些充斥着物欲、急功近利的东西成为了畅销书（视频）。人们拜倒在物欲横流之下，这时，所谓的精神能值几个钱？文化沦为廉价的附属品，看与不看、读与不读无关紧要。在精神层面，人们的追求也成了虚无的空洞的挂在嘴边的口号。

当下，虚伪、虚无充斥着社会的每一个角落，一些人的选择也漫无目的，于是，精神空虚、渺茫，沮丧……人们日日地奔波，像流浪。

敬畏、慈悲、感恩、宽容是做人之上品，每个人都会说，可有谁能做得到呢？立足现实，从自我开始，克制、约束、时刻在自新，这样才能在正确的道路上塑造自我，使自己变得坚韧、强大，完成自己的梦想、使命。

我们都是无名之辈，但我们有文化、有精神、有风骨，我们爱家，爱人人，爱国，为社会尽职尽责是我的宗旨，也是你的宗旨，人人的宗旨，为家为国为人人，从我做起，从每一个人做起。

选择文学，写诗已成为嗜好，我没有豪言壮语，更没有追求功利的欲望，作为诗者，诗就是你的名字，爱你，爱诗。

诗是你的名字
我只好一日一日地相思
一日一日地珍爱
微笑是你的名字
一个活泼的灵魂在颤抖
一支雪中的腊梅正开放
用你的苦难写诗
写一横一竖的祈望
写一撇一捺的焦虑

米成洲 2019年2月5日于郑州

目录
Contents

月牙泉

趁着太阳即将落没
我与沙站成一队
唤起嫦娥，悄悄入山
幸福化作一池清泉

风过头顶，沙鸣
白云仙子与沙
寂寞有声
动中有静

风尘一蹴沙成山
自然深处月牙泉
止步于天际，有繁星
有撼动人烟的凝聚

九月过后也许有一场风暴
也许掩埋的是一场惊魂

我是大漠的见证

过往的足迹在流泪

2017年9月9日于敦煌鸣沙山月牙泉

在黑夜呼吸

黑夜像磁铁，无法移动
在星辰丢失的迷惘里
萤火微弱

我踟蹰，无法在黑夜里丈量
羔羊走失
我落泪

无法揣摩残缺的文字，相思如石头
无情，砸向大地
砸向海洋

在黑夜呼吸
星辰像氧气
想象架起风骨

黑夜平卧
我的魂魄在空旷中流逝

流星雨，避风港

我想站立，与梦一起疯长
眺望竖起的河流
想象洞天的爆裂

2017年9月13日

只要你在（外一首）

只要你在
我就过去
陪你，喝酒
吃肉

啊，我忘了
你是一个皈依的人
你在，我就带朵莲花
你坐花中间
我尽情观赏

你不近烟火
我试着向你靠近
一边饮酒
一边听你咏经

你走

我会记住与你梦里的姻缘

你像只蝴蝶

我围着你转来转去

我们的城市

我们的城市，不见天日
邻居说是因为我家的炊烟
街坊说是因为我家的工厂
市民说是因为我拆迁的房子

我纳闷
我是城市环保的标兵
我家排出的是青烟
我家不生产二氧化碳
我家住的房子很高

我们的城市，不见天日
是因为我们的地平线太低
虽然地上长草、长树
但草是圈养的
树是野生的

2017年9月18日

秋 水

秋水在头顶
爱恋与失恋已不再苦涩
尽管你走得很远
风越来越凉

沙漏是一本记事簿
流逝的分分秒秒
快得像堆积的坟墓
慢得像一把锈蚀的剑

蝉随秋风而去
总留下一点点哀怨
在物事交替之中，有漫天的秋水
有不愿蜕化的秋虫

在城市的街巷，污水堵住人们的胸口
声音通过下水道宣泄
过往的华丽，蒙蔽住单纯

撞晕了一个又一个与你一样的青春

四季总有几天难舍
一生的难忘像流水
你走得很急，秋水打动不了你
你的美丽孤苦而冷漠

有时，秋水像你
风卷走的沙粒像肌肤
站立时，有响声
你的骨架还会慢慢挺直

2017年9月30日

中　秋

中秋，静水
哀叶在风里
角落里，与我相关的人走着
天，氤氲

水虽然滞留，我还是要说
秋凉，秋水更凉
静中的空灵
迟疑，朦胧

说就说吧
现实不是设定
苦甜是意识的转变
幸福是超体的感觉

秋总有一些荒芜
博大是延伸
看到死亡

理想的世界越发短暂

有静止，就有流逝
我是一扇刚打开的门
需要关闭
需要开启

深秋，我活着
不是因我超强的想象
我的一日，有硬骨
还有一颗蹦跳不止的内心

2017年10月9日

芽　庄

芽庄，毗邻大海
岛连岛，聚成了希冀

中秋时节，海天一体
细雨朦胧，沙石见底

有平静，有浪花
幸福沉浸在翻滚的波涛里

度日，走失了年华
声浪如木，思念如云

在风里，大海无垠
海浪滔天，陆海相撞

出行，思绪如潮水
留恋往返，企及荡漾

置天涯，把酒望月
千重山，万层水

赶海，踏浪
与山（岛）偎依，含笑

2017年10月4日早于越南芽庄

天上的蓝

天上的蓝是云给的
风不动，沉重不走
海上的风是天给的
云不散，喧嚣不去

天南海北，云系着苦难
有风的日子，天湛蓝
有雨的日子，天朦胧
无风雨，你不去，我不来

你在风里，赶着日月
我在雨里，紧随其后
蓝天那朵白云是你的美体
风走后，我在呢喃

云，等等我吧
风还没拂去我身上的尘土
你在天堂

我在尘世

天上的蓝是雨给的
雨走后，你在呼吸
风来时，我在等候
风雨是你我不离不弃的姊妹

天上的蓝是你我的血肉
你是那朵奔放的云
我是那片充满活力的空阔
风雨之中，有晴空，有飘逸

2017年10月5日于越南芽庄

深　秋

深秋，剑冰凉
中原的心脏是母亲的心脏
在幸福的最凹处，有欢愉
有呢喃，隐痛不能直白

麻木的黑夜，唯有与你厮守
度过那漫漫长夜，还能与你同行
你是子夜里出走的魂灵，举着火把
正向黎明挺进

光在行走，厄运不能淹没
秋水深处，你是我的初恋
爱着你，但我始终不能把你的嫉恨抹去
落没是你的眼疾，雾霾是你挥之不去的疤痕

与你相伴，也许我的顾虑多余
但你沉重的步履，足以将我压垮
黑夜有双眼睛，白昼有无数道怒光

日月贴着窗口，在窥视

深秋，秋水是那婉约的语言
一滴滴向母亲的心脏渗透
你是土地的女儿，今日与我相恋
我幸福，我忧虑

中原是母亲的中原
在秋水里，我听到了血的流动
有你在，我会打开窗棂
把一个一个的喜悦迎进来

2017年10月13日

封闭的秋天

秋天，我被封闭
那宽阔的超市、阴暗的地窖
堆放着我的情感
我的伤

秋天，我被困顿
一座都市的血在溢流
拥堵的车与我一样
奔流，减压

雨过后，风去哪我就去哪
我走进秋天的误区
那里有我流放的思绪
还有我不愿看到的曾经嗜酒如命的景况

我是枯叶一族，被秋风撕裂
踟蹰，黑暗，挣揣
我的眼睛大过城市的窗口

我的视觉不再是一个黑洞

秋天，我把自己绕成一条河流
有波浪的地方有我
在雨水中前行，我看到了鱼儿
看到了新欢

秋天，我把自己绕成一条条街道
空气中有我
透过狭隘的街巷，我似乎成了黎明
成了白云

2017年10月21日

虚无，被雨水渗透

虚无，被雨水渗透
想象像一根粉饰的骨头
流水急，冲刷刻苦
神魂不清

神话，不着边际的烟云
神道，漫无边际的烟火
有生，有顿开
颓废，消失

虚无只剩一把骨头
秋水像烈酒，像毒药
一杯入怀，一个世界沉没
漫天是雨，漫天是无边无际的流浪

有色世界，轻浮是现实的眼睛
在投射中捕捉情人

一种美丽是前世的祭品
一种美丽是未来没完没了的纠缠

2017年10月21日

你有与我不一样的东西

有窗晃动，你告诉我
你有与我不一样的东西
说来你就来了
说走你就走了

我们不能交换
假若换位
你走不进来
我走不出去

现实是雌雄的结合体
有对抗，有交合
你的不忠
加剧了我爱情的火焰

终有去的一天
也许又一个来世

死亡最奢侈

爱自身能化解

2017年10月23日

城市与数字

空白堆起的高楼像心上悬挂的闹钟
时间任由拽拉
喊娘，喊救世的上帝

躺倒的城市
立起来的数字
祈祷吧，一起向上帝祈祷

匍匐，崛起，前进
心与心丈量的土地
黑与白抒写的世界

请不要哭泣！
请不要高歌！
贝多芬的交响曲在空中激荡

抑郁的野马，狂躁的雄狮
一颗颗拖不动的心啊

车轮，政治；政治，车轮

碾压后的信仰像摇曳的树叶
视野里的城市不再倾斜
广袤之中木讷的人们苏醒了

2017年11月1日

今夜，我在奔往噩梦的路上

今夜，我在奔往噩梦的路上
路的尽头无尽头
一堵墙挡住今生
有出口的地方有魂魄

在无数个谎言编织的黑夜里
情赤裸，唯有想你
想你缩成了一滴水
想你枯成了一根朽木

一个黑衣人，于你左右潜伏
只要有光，我就出击
尽管有无数风雨，有你在
我就有无限的遐想

我在奔赴死亡的路上
鲜花与坟墓一样庄严

只要有石碑，我不嫌短暂
不怕今生被黑暗埋没

2017年11月1日

时　代

时代，像钢，像泥塑
读过去，读到了古罗马、十字军
瞻望，看到了裂变，看到了紫荆花

在潮水，嗅不到糜烂
在激流，利欲涤荡
落差，在生死之间

一个头颅，被玫瑰熏染
一个头颅像铁一样
历史的夹层充满了遗恨

你是黑夜的玫瑰，充满了诱惑
我是白昼的奴隶，被阴霾困顿
你我相求，爱恨，繁衍

季节的羔羊，无视冷清
年轮的车辙，没过一道道伤痛

那一个个不愿想起的风雨之秋啊！

窗前的朝夕是我前世的因果
我想在苏醒时唤起童年
再想和你一次次去跋涉，去远行

2017年11月2日

立冬了

立冬了，冬日灰黄
冬日像骨瘦的老人
轻抚着枯草，呼唤着羊群

送走朝霞，夕阳托起山的脊背
黄昏如土，暮色降临
黑暗淹没了秋殇

欢愉、秋黄渐渐散去
荒芜里，不见昔日的情感
冬，抹去了繁华与奢侈

严寒意味着死亡，死亡意味着再生
冬大门开了，雪与玫瑰逼近
花开之时，些许有惊奇

冬立于山岗，羊群逃离
白云飘逸，草被诗话

风止步于情殇

速冻的山，僵直的活体
冬日见证，天堂与地狱一样
陈旧远去，新生又来

2017年11月12日

晨　曦

晨曦打在脸上，犹如儿时母亲的巴掌
由于寒冷迟到，慵懒的心悬着
温热之中的相思不知所措
利诱、被利诱的感觉像“双十一”购物的狂热
一拨暧昧，一拨奚落

窗外的花被尘嚣舞弄，花盛花衰
走出去的感觉像城市行驶的喷雾车
车簇拥着，人被赶着
马路像被压迫的奴隶
想抗争，想申诉，想呐喊

房子由低级慢慢挺拔
爱被选择，压抑的青春为利益驱使
玫瑰枯了，又打激素，花开知多少？
徐徐打开窗棂，一股灰色的光透进来
苦涩的空气哽咽住咽喉

入冬了，仍触不到冬的气骨
喘息之时，隐约能感到微风
风来了，这不是西伯利亚的寒流
这是一股海的气息，她像妈祖像菩萨
在天穹，正乘时光而来

2017年11月12日

静　止

静止孤傲而独立，有雪子相伴
一粒雪子，陈静百年
我想在缄默中守候

静止永恒而纯净，为坚守
做草木，甘愿孤独
哪怕永远被埋没，永不作声

冰疼是雪山的发声
听见流水，亡灵也会赶来
为还魂，为延续

山有达不到的高度，雪有抒不完的情
活着如此，流连忘返
我有很多幻想，有时像玩偶

走出去也许不能返回
但希望的因子存在

你想做幽灵，我想做乞丐

在高空，越过清静
你想你是时间，我想我是高度
不能轮回，无可虚度

2017年11月17日飞机飞越喜马拉雅山途中

雪与花

雪与花一样，长在高山，贴着心
打马而过，你栽下石碑
我留下河流

雪花是山给的，你的疼痛在天际
没有怨言，这一世
等到花落继续走

花落雪融，我的雪骨在珠峰
等等我吧，亲爱的河流
爱在深渊，痛在天涯

雪与花一样，谁在诉说？
打坐的虔诚，跋涉的祝愿
我们一起走，风雨无阻

走吧，河水又要冰封
你是领路的美人

我的呼吸需要你

漫天繁星，你是哪一颗?
天涯，海角
不化的冰雪啊

2017年11月19日于尼泊尔

不　丹

阳光似乎陌生，佛的气息揉进光里
祥和，宁静。微风入怀
云里，透着人文
花草老去，相思枯萎着

昨夜的犬鸣像是在昭示什么
也许这是梦里缺少的音频
除了梦里的画外音
夜里，一个一个的情感在撕裂

雪山，寺庙，河流
也许这不是不丹的景色
走一步是天堂，退一步是人间
这许是梦幻之旅中的一程

思绪凝固，清晨被四野包围
异乡是秋色？是春色？

这里遍山是佛塔，冬水叮咚
似乎梦境中的诗情画意扑面而来

2017年11月20日早晨于不丹帕罗

涅　槃

上帝选择了我
我选择了肉身
父母带我入世
生命引我入潮流

风雨，涅槃
河流中的一滴水，不能死不能超度
做烟火，做飘逸的云
祈祷，释怀，离开

云啊！已经溜走的光阴
不杀生的过去，再托生的未来
儒释道，来来回回
天不倒，地不散

水，急流
前世的恩怨，今生的孤独
飘飘洒洒的云啊

我想云游，我想洒脱

佛祖不分国度
我唯一的希望是忘我
今在尼泊尔，我忘记了自身
忘记了死去活来的幸福

也许我是对的
雪山离我越来越近
当纯净与简单既成誓言
我走过的路所做的事也将成为云烟

2017年11月23日于尼泊尔加德满都

我还活着

当下，我还活着
我最幸福的是心还在跳动
最大最大的感触是
你仍在我的视野里

来吧！我是炽热的
我那一丁点儿的忧伤不足挂齿
因为，孤独耿直
我是春天即将绽放的紫罗兰

请不要离去
我的孤独是四平方米的大床
假若你离去
我也会情深四海

你在梦里，梦里的景象光彩夺目
你是稻草人
你具有的虚幻

都已潜伏在我的今生前世

活着，是因为心境
我无法关闭我曾经的疼痛
恋你，是因为世界美丽
爱你，是因为我的心一天天在变小

请不要离去！
因为狭隘，我无法超度
但我是一个因子，远走能超越
消失能复生

2017 年 11 月 27 日

从远处我听到了我落地的声音

从远处我听到了我落地的声音
声音撕成碎片
滑向墓穴

从土地出走的孩子
从黑暗崛起，举着墓碑
走向第二次生命

从远处我听到了笑声
那笑散成一溜烟，一团雾
尘沓来，风刺骨
暧昧潜入我意识

从远处我听到了哭泣
那哭泣悲凉，感伤
只见枯叶飘落，雾霾纷扬
一个现实掩盖了另一个现实

从远处我触到了平静
平静里有决裂，有平和
世道裂变，风云缥缈
逆水，风暴，静止

2017年12月11日

方　向

从东向天涯越走越远
从西向地狱越走越近
模糊，明了，觉悟
最终到极致

哲学在指南针上加重
有方向，有法度
黑暗也有砝码
有尺度，有明天

子夜是男女的过往
在繁星中遨游，在黑暗中洗礼
繁衍途中，循规，守节
消亡路上，无度，无节制

黑白留下烙印
幸福短暂，孤苦漫长

从东到西，从西到东
忽而是魔鬼，忽而是天使

2017年12月12日

黑夜里的一盏灯

一盏灯，挂在黑夜的尽头
在它燃烧时，火花成梦境
你是舞者
我是歌者

舞出一条裂缝
唱出一道鸿沟
你是即兴的神
我是即兴的鬼

来吧！黑暗不会散尽
趁着微光，快来掩盖我们的隐私
灯在流泪
梦在傻笑

一盏灯，挂在黑夜的尽头
恍惚之中，繁星散去

你是一个影子
我是一根木头

2017年12月12日

雪

雪，无关形状
一个世界被颠覆
心，由温变凉

昨天，还处于困顿
今日，雪花纷飞
一切被漂白

时间是一面镜子
光滑，透亮
心，木讷，苏醒

关闭一扇门
打开一扇窗
挥舞直白，放飞相思

雪，纷纷扬扬
一座城市负重

故乡，在远方凝固，在天际融化

雪，一个长不大的孩子
每年此时，身躯像一座山
内心在呢喃，感伤

2017年12月14日

幸福像稻草

幸福像稻草，像一张纸
在自然中穿行
脚印，是追忆的开始
掩埋，重现

一条河在视野里走失
一道沟省略了往事
土地像嫁娶的美人
迎进来，嫁出去

美人与招牌，经风作古
虚幻与年轮，虚幻与勇士
高楼像火把，燃烧后
倾覆，伤人

阡陌，旅途
庄稼地里也长草
禾苗生根，草生根

有热度，有毒流

一张纸，在土地上填空
写浮华，写草根的眼泪
幸福像稻草，像飘落的雪花
奢华虚狂，贫瘠隐于角落

在自然中行走，一地草成诗
在城乡中过往，一汪泪成河
人海，川流不息
风，疾驰，雪，迟到

2017年12月20日

呼 吸

一首诗，像一根蜡烛
在黑夜燃烧

一首歌，像一根草绳
在苍茫中飘飞

一对恋人，手牵手
走进了坟墓

新事，慢慢老去
旧事，慢慢成活

秋去冬来，一首诗像迟来的雪片
缓缓落下，匆匆走失

一首歌，像失魂的孩子
跌倒后，又开始行进

霓虹，想象之中的幸福
高楼，狭缝

相思，早已霉烂
有呼吸，就想呼喊

2017年12月20日

水

水，源于理念
在沸点，由于高度
在冰点，由于耐性

一个载体，无所畏惧
从头颅到脚跟
唯有精神不能舍弃

说吧，你离希望还有十万八千里
一个使者，感怀地活着
谁是十万八千里外的信使?

只要有你，我就能造爱
来吧！你是我旅途之中不可错失的邂逅
触到你，我已迷醉

醉酒，伤胃；清醒，伤心
何时能有水的觉悟?

静止，飞翔

你的河流，我的血脉
你的高山，我的骨架
你的气势，我的魂魄

2017年12月22日

不懂你，也爱了

遇见你，就爱了
不懂你，也爱了
爱你青春吐出的芳华
爱你敞开心扉后的一丝不挂

爱了，也就爱上了年轮
爱上了沧桑，爱上了四季轮回
在懵懂里，情感开成了花朵
开成了四季芳草

你是春天我触到的第一棵蒲公英
你粉红的花蕊激励我远行
踩着清风，我在你的眉眼里
在你富有诗意的山峰间

下海，逐浪
夜间的蝉鸣，白昼的苍白
远渡重洋，探寻方圆

走进爱的伊甸园
与夏火一起燃烧

你是秋天的荒野
在你心头种下相思
风来了，爱尽管萧条
但我们播下的种子依然生根

你是入冬后我看到的腊梅
你秀美，无邪
大雪来了，大雪要覆盖我们的过去
四野，天真在弥漫
一颗颗冰冷之心又复燃

2017年12月24日

灯破了

清晨，灯破了
高楼高过了大树
云层，乌鸦喳喳

乌鸦是舞池的主角
为了生活，依然恋爱
跳舞，唱歌

时间像一堵墙
生活靠涂鸦
度日如度年

冬日是乌鸦的天堂
树能昭告四野
想哭就哭吧！
虚无也能轰轰烈烈！

清晨，一刽子手突现

雾霾里耍刀的人，一边喘气
一边将心裸露

乌鸦又要迁徙
入侵者，得意洋洋
在即将燃烧的火里
季节正在转移

2017年12月31日

一对鸳鸯

大地，天凝聚成一团灰
一对鸳鸯，吃虫
不肯分离

看着戏水的鸳鸯
湖水不忍心结冰
风送戏言，又送冷语

灰色角落里，一对鸳鸯恋爱
它们说着情话
想着出逃

燕雀去哪，就去哪
赶上没风的日子，藏住尾巴
藏住羞赧

天不作美，犀风不止
有鱼的地方水深

没有食粮，只管谈情

习惯了寂寞，习惯了喧嚣
如有风雪来袭
有天罩着，有河水流着

2017年12月31日

这是一场美丽的“浩劫”

尽管粉碎、消失残酷
这是一场美丽的“浩劫”
在阳光照射下，你融化的血
在大地上涔流，结冰
你游离的灵魂，顽强地立在树旁
人行道边、马路中间
被人践踏，被汽车碾压

在十字街头，你没有选择
白昼，黑夜，任凭时间幻变
命运像断线的风筝，在霓虹灯下飞转
在虚无缥缈的空气中摇曳
你孤独，甚至无依无靠
你在我心上悬着，像颗钉子钉着我的心
钉疼我的整个神经

你短暂的停留，把我从遥远的臆想中拉回现实
这每时每刻的残酷，令我欲舍弃余生

我多想把你拉进我的怀里
拥着你，含着你，把你撕碎
把你再锻造，再升华

尽管你无声无息地走了
望着你渐渐隐去的背影
在寂静之中我数着你离开的时间
在苍茫中我寻觅你，我希望再来一次“浩劫”
希望下次的那场“浩劫”更加壮丽，更加壮观
在洗礼中，我会将你爱得更加深刻
爱得骨髓酥麻，一尘不染

你走吧，你静静地走吧，只要你能直达彼岸
在漫延的洪流找到爱的归宿
我会在河的尽头、海的胸怀
等你，与你融为一体
至死，不朽

2018年1月6日

第三次

你没走远，又折回，记得这是第三次了
折回，是恋我？还是恋这座城市？
其实，你刚走，我就做好了隐没的打算
我想在孤独中度日
在一个静悄悄的世界超度

浮华，平淡，热烈，冷漠
这其实都是情感的交集
大风过后，有雨
大雨过后，有彩虹
失落后，又是一场飘飘洒洒的瑞雪

情爱后，该降温了
热度像撒野的孩子
去了远方，去了天际
也许这是天方夜谭
恍惚之中，你又出没到尘世

这一次是放纵？还是对以往的追溯？
总要面对，面对你的善良、淳朴
还有你无拘无束的袒露
冷风刺骨，我的芳草，我的年华
我那颗又要与你欲死欲活的心

情没有走远，你那天使般的胴体又扑面而来
砸向我心，刺穿我胸膛
满是热泪，满是心酸
含着你，拥着你
站在遍地是殇的街市，何往？

2018年1月7日早

在平淡的日子里

在喧嚣的日子里，停下来
躺卧，枕着你的微笑
安抚你那极不安分的心跳
与你共呼吸，共潮动
憧憬，爱恋

在忙碌的日子里，停下来
回家，碾着驶往故土的心路
在明媚的阳光里，行走
抓一把老黄土，贴紧心窝
贴紧母亲的呼唤

在平淡的日子里，停下来
远行，踩着童话中的路
不闻酒色财气、风花雪月
拄一根老树枝，跋涉
采撷更深的意境

在喧嚣之中，我想是空气中的一粒水
在忙碌之中，我想回到童年
在平静之中，我想还原成泥土
爱是内心的一条裂痕
你努力着，我修补着

2018年1月8日

狼来了

狼来了，一匹激情之狼
来自草原，来自原始的森林
苍天一笑，辟地一嚎
世界处于寂静

羊啊，不辜负我的恋人还在原地
猎手去了四方
寂静之中有蚊虫
谁是我龇牙咧嘴的狼？

狼是英雄的图腾
我不愿看到驱走马后的草原
狼啊，羊啊
我不愿看到一对失恋的情人

拿什么抒情？
我是从城市出走的浪人
一颗心柔弱，一躯体飘摇

我用情的剑也将锈蚀

狼啊，快助我一力
我想咬死背叛
与羊儿混血
再行走于广袤大地

狼来吧，我就是羊儿
我在草原等着你
等你来一次倾诉
等你来一次轰轰烈烈的厮杀

2018 年 1 月 9 日

碎　片

走了，人成了碎片
物事像鸡毛
飞着飞着，爱成了海子
成了北来南往的候鸟

相思如潮，推高的海浪漫过印痕
把疾苦送向大海，听海啸
梦虽湛蓝，但深不见底
观海，一浪高过一浪

漫无边际之中，巨轮犹如微尘
走失的岁月，如风，如海浪撕碎的沙粒
一波一波的念想被海水带走
卷入时空，化作漫天的白云

漂泊，疾走，遐思
严冬如此，四季如此

天有缺失，地有遗憾
即使在天涯，仍有抒不完的情

2018年1月18日早

南山寺

向南，向南
一路朝南
天的最广阔处是苦海
天涯，无边

在浪的边沿，观世音三面环视
海，在倾诉
风，掀起波涛
白云飘逸，蔚蓝氤氲

南海，欲的海洋
一只候鸟顿悟，千万只候鸟飞离
过往在佛的脚下。持一支香祈福
持三支香面朝大海

南无阿弥陀佛，顿首，祈祷
一片苦海，一片汪洋

一个从土里蹿长的孩子
就要面对这波涛汹涌的风浪

2018年1月19日早于三亚

天涯海角

风，燃起了大火
海，扬起了风帆
在波澜不惊的情缘里
海浪，沙石，榕树，孤岛
于天涯海角相依

天涯石，孤独中的坚守
此生有你，一世有你
地平线，海平面
一个思绪的起伏
一个狂想的飞跃

在天涯，磐石开启花朵
瞭望，从内心深处
一望无际的波涛
一叶小舟的遐思
身置何处，心无止境

扬帆，疾驶，劈波斩浪
梦反复于陆海
喷火的巨轮，卧虎的海岸
一剑直射内心
一剑洞穿世界

2018年1月19日早于三亚

海　上

海是方的
海是圆的
海是一颗颗跳动之心

在海上，甲板是一本厚厚的家书
虽然它揣不透黑夜，但它能看到并能呵护
一片片傲立于汪洋之中的孤岛

这片汪洋是母亲的血脉
是父亲老死之时留下的最壮丽的诗篇
尽管有风雨有怒吼，但远离的孩子永远不会遗弃

在海上，不能以肤色辨别天的性情
唯有感叹可以使广阔更阔、七彩更艳
那片微笑之中的孩子既是见证者，也是守护者

每当海上升起明月、一道血红、一面迎风
飘扬的红旗，一个巨人从东方崛起

双手举起家书，填写，并且越写越重

海岛既像孩子又像一个伟大的巨人
在一望无际的梦幻里
波涛一浪高过一浪，美好越筑越强

2018年1月23日早于西沙永乐公主船上

冬日的希望

今日是冬日最寂静的一日
虽然冬日爆裂，但那低沉的草仍在私语
雪在剧痛中大写
我在失意中歌唱

今日是冬日最寂寞的一日
虽然冬日无语，但那木讷的柳枝依然下垂
风吹奏隐隐作痛的春曲
我在残雪中漫游

冬日是雌性的，我是冻融的雪水
虽然水流迟缓，但每一丝的流动阵痛、庄严
我是筑路的石子，在疼痛中凝聚
在坚实的沉默中延伸

冬日越严酷，我对春天的渴求就越强烈
风寒虽掠走我的怯弱，但不能将我的相思吹走
我是一粒忠厚的黄土，虽颠沛流离

在母亲的脚下，在母亲的视野里
我永不孤独

2018年2月13日

一座城池

一座城池，悬在半空
冷漠，惧风雨

一双看风景的眼出嫁他乡
一对脚丫在节日彷徨

百年德化，百年风云
一座塔渐渐低落
一座城市慢慢举高

在宽阔的路上，风无语
在曾经的街市，情缄默

岁月像退化的人力车、自行车
生活，超前，怀旧

一座城池像符号，画着，写着
一个信念像铁塔，锈蚀，重铸

走进回忆，走进一个莫大的洞窟
一颗心在跳，无数条脉络在潺流

2018年2月17日

走着，走着

叩首，叩动了石头
弓腰，惊动了大佛
南无阿弥陀佛
经书，佛文，警句
掬手捧月，心向狂野
祈祷吧，一颗颗心将要涔血

走着，走着，走进了迷途
虚无，伊甸园
花花世界，混沌的面孔
蜕变，和蝶儿一样
产卵，成虫，化蛹
一草一木，一岁一枯荣

轮回，重生
满天繁星，遍地草木
苦难，幸福
向佛的心啊，超度

化敌为友，化孽为善
化现实为虚云

走吧，走吧
还有八万里心路缠绕
乱云袅袅，凡尘轻浮
皈依吧，南无阿弥陀佛
一个世界无知
另一个世界坚硬

2018年2月18日

月　夜

夜晚，我们相对而坐
默默无言，互相欣赏

一个冬天过去
我们无言

一个春天过去
我们无语

夏天到了，你开成一朵花
我把整个世界都给了你

你在秋天怀孕
我又开始荒芜

一场雪被情所困
一场火与雪同化

季节走着，相思流着
撕碎的像散记，融化的是苦水

日子在敞开的门里
相思在黑夜晃动的窗里

月夜，我们相对而坐
你说方言，我续说童话

2018年2月24日

灵，肉

灵沉重，肉体轻松
希望是灵肉的组合

爱了，白骨堆成了坟茔
恨了，季节流逝成雨水

走着，走在肉体的血污之中
走着，走进灵魂的飘荡里

一世为灵肉保鲜
一世为骨骼防腐

走着，走着，走进一片乱石滩
走着，走着，走进一片坟墓

爱了，一世既成化石
恨了，一世有挥之不去的噩梦

风尘像尖刻的刽子手
生死都在固化

石头是一块固化的希望
灵沉重，肉体轻松

2018年2月26日

冬天过后

冬天过后，苍穹布满了雾
雾演变成一滴滴感伤
她绕着头顶，进入我的血液

败落的花朵，就这样在山岗、平原、河道
找着落脚地。如烟的花瓣在空中散落
仿佛还想于曾经朝夕相处的土地上写意

过往匆匆，而垂直落下或成曲线状
来到世间的凡事，总诉说不完
情爱绵绵，世间乌托邦

走吧，走向泥泞、模糊的世界
凉意似乎是春天的平常心
温暖被外衣裹得严严实实

天还在演变，暗淡走进夜晚，进入子夜
黎明不远。祈福、祝愿都在黎明里

敞开大门，时空仍那么深远

沙沙沙，谁在时空素描？像涂鸦
念想轻柔，飘飘然，划着弧线
走向内心，落在地上

躺倒的画卷，清洗着，腐烂着
臆想成河。一片绿叶飘浮
水，一股脑地流

2018年2月28日

觉　悟

曾经的积攒及感受在胃里得到诠释
内敛随着时间的流逝而释放
呼吸是肺的责任
咽喉是奔放的要塞

奔放习惯冷幽默，骂着他，爱着她
鸳鸯戏水，离开湖，离不开海河
山和川，川和日月
四野在双腿之间

站起来吧！请相信根的力量
爱花朵，爱女人
爱四季美丽的皮肤
在皮肤上作秀，画内心的阴影

匆匆来，匆匆去
器官是孽障，跟风，随尘

忘我，忘记一个偌大的世界
金木水火土，我在其中

2018年3月1日

摇曳的春天

春天，摇曳着
一地木讷的生命
揉开蒙眬的睡眼
风，急不可耐

凉意，拍打着窗棂
暖意，推开了一扇门
木头与木头相互敲击
草与草开始私语

迎面的海河是空旷的
云漂泊，云虚无
轻浮像不经意的花蕾
沉重像盘结在地下的树根

相思轻轻绽开了花蕾
尽管还有空缺，那早早吐出的萌芽
像是在昭示，像是在宣告

满世界为一场即将纷扬的大雪雀跃

再不能将心绪藏着掖着
粉红、洁白敞开了胸怀
一场姹紫嫣红的流星雨如期而至
一地无声胜有声的步履开始向前

春天在摇曳，春天在倾诉
此时，每人在春天都想拥有一个这样的情人
天烂漫，地开阔
一个可亲的人在视野里

2018年3月13日

第二春

瓶子，酒，第二春
儿时，三分钱系着一个瓶子和醋
酸与春埋在地下
与先人共眠

时光在瓶内发酵，成酒
孤独成一个神
望着天空说梦雨
看见云，看见了透彻

第二春是块石头
崖上长草长木
为了祭奠，视木不朽
崖柏成了风景

儿时，活在一片黄土里
长大，活在天空
春天是懵懂的开阔地

春天里即将放生的羔羊

有了高耸的女身
迸发了我激情的第二春
有酒，是我孤独的象征
有肉，是我忏悔的历程

第一春我献给了空白
第二春我就在孤独里
爱我的人是块石头
恨我的人渐渐远去

2018年3月13日

大　风

大风卷起裤管，虫不能钻进
浪中的石头，相互撞击
孤岛被浪冲刷。舟要远行
海水不平静

风在一个孤独的世界刮着
像颗钉子，钉在墙上
一段历史，熔铸成铜板
涂鸦，叙事，轻描淡写

风在一个孤独的世界刮着
缄默无言。一把刀子钻心
血，滴穿了青石
青石，无处搁置

一个兄弟在风里相思
一个姊妹在雨里等待
生在天空，爱在楼阁

卿卿我我的日子一去不返

风，在额头席卷
苦闷，咸涩
四肢像枯枝，在抗拒
灵魂如云烟，卷在风中

起风了，腹中的结石碎裂
出走，游历。从东方着笔
素描日出的火红
在夕阳里，勾勒情爱的悲壮

2018年3月14日

烟　雨

烟雨，最近的相思
断了，又扯上
石板是古人的寄托
一片一片，铺遍了旅途

时光如一条小泾
流经内心，流经血脉
我是桥上的行走者
一边漫步，一边为小船着墨

烟雨，我隐隐约约的情人
她为我而来
时而像一把伞
时而像天上落下的乡愁

细雨如绸丝，矫情、湿凉
水冲着小船，雨打着古镇
在黑夜里看霓虹

在霓虹里觅春意

烟雨，扯不断的情丝
江南有烟雨，江南能抒情
在雨里，情话如涓涓细流
漫过青石，流进时代的长河

2018年3月16日于嘉兴市桐乡乌镇

水　乡

走进水乡
如同走进了我的身体
水流着
我的身体在水中弯曲

醉了，我那支撑不住的身躯
醉了，我那雨中走失的情殇
三分之二的肉身
三分之一的骨头

倩影经不住亲吻，玻璃心泛起涟漪
走丢一座假山，迎来一座园林
为了遗忘，从零开始
小桥流水，小船悠悠

水中的姊妹，水中的兄弟
再不能在世间卿卿我我了
风景是泡大的

情感是制作出来的

水乡，我梦中臆想的童话
有雨做伴，我走进了自己的身体
苍穹朦胧，我仿佛进入迷宫
雨滴如针，雨滴如石

花草，我伪装的皮肤
木石，我活动的躯体
被水驱动，我时而像一条虫
时而像一块人工打造的山石

2018年3月18日于苏州

矛　盾

花犹如女人，妩媚短暂
爱得越深，矛盾盘结的就越密
恨归于季节，归于一个妒忌人的人

美丽是空虚的肤色
在信仰中寻求慰藉
获取总觉得少，溜走的总觉得多

爱是鸟翅膀上的羽毛，总习惯在天空翱翔
一旦失落，一场大雨也浇灭不了创痛
敷衍像一团云，飘着飘着就散了

攫取像魔咒，得不到就掐死
借助风即为政治，富丽堂皇即为帝国
成功者是英雄，失败者是烟云

爱一场大雨吧！这是草木呼出的风声
美景在山背后，些许夕阳钟情

川绕道而行，不是躲避，而是开拓

恨像一场虚无缥缈的雪，轻视是残酷的
雪站起来像一把冰刀，跌倒即成为 ·浊浑水
在平静中呼吸，越活越自然

2018年4月5日

近了，远了

近了，近了，一颗即将失落的心
远了，远了，一道视野里恍惚的灵魂
郁金香，开了，败了
一股热潮，一阵季风

走近败落的花瓣，仿佛走进了你的心
一个倩影远去，一地芬芳犹存
风在吹，花魂漂浮
相思如麻，诗情入土

昨日的高潮哪去了？
这千亩万亩的女儿身啊
恋你不能亢奋
怨你不能挥别

近了，近了，怎样才能经受住打击？
远了，远了，怎么才能不忘你的誓言？

颓废是暂时的，只要你的芳心
你是五彩缤纷的郁金香，你是我永远的情人

2018年4月3日于驻马店遂平郁金香园

天马行空，我为帝王

兄弟姐妹们，快来我的宫殿
这里有尼采、乌托邦
还有千里征战的十字军
天马行空，我为帝王

兄弟姐妹们，你们的出头之日到了
这里有万道彩虹，条条通往罗马
在奔往“圣洁”的路上，请不要束缚你们的骏马
只要慷慨解囊，你们的腰包很快就会膨胀

兄弟姐妹们，快打开你们的视野
万里征程只差一步之遥
只要遐想，只要把自己颠覆
幸福的伊甸园就在眼前

来吧！来吧！上帝在召唤
我们都是宫殿的主人
让我们在醉意中奔放

在乌托邦的王国里畅游

兄弟姐妹们，我们是千里征战的十字军
我们英勇，我们坚强
我们是探索者。在奔往乌托邦的路上
再聚首，再豪放

兄弟姐妹们，我们有千军万马
遍布于世界的每个角落。我们来自西域的古国
征战，繁衍。我们从一粒尘埃到另一粒尘埃
具有想象，敢于毁灭

2018年4月6日

中　原

我的苏醒缘于中原的苏醒
你的沉沦缘于居住的房子
中原像一个壳
中原有一地拔高的房子

壳是远古的影子
有遗产也就有了想象
你想做房子的主人
我的野心是想征服整个世界

房子是想象的架构
欲望越高，中原的架构越高
心是墓的主人
头颅越来越胀

从浑噩到梦醒
只需一夜

从浮躁到平静

也许一生

2018年4月11日

局

两点一线，三点一面
点在时间里跳跃
面在时空中铺展
相思，碰撞，结合

缘于火山，生命在燃烧
缘于江河，爱恨在消失
往来，穿梭，如烟云
如流水

虚无，空洞，漂浮的尘埃
存在，假设。消亡，再生
阳间有局，阴界无界
唯物，唯心；真实，虚伪

这偌大的世界，真理何在？
天地造就的人啊
孤独，放纵。万物是振动的因子

生命是虚实的显现

人与草木，思绪与动乱
政治，信仰，战争，动荡
神有神道，魔有魔法
风云，昙花一现

谁在做局？谁在驾驭？
这没有假设的假设无边无际
生死与共，善恶交融
两点一线，你在这边
我在宇宙的另一端

2018年4月12日

诺丽果

不为一时
只为那视野里的憧憬
悄悄地，悄悄地
融入躯体、血液
还有那广袤无垠的大地

不美，不丑，不躁
一个灵魂静静地波动
一个念想激动不止

2018年4月20日于海口

麦　子

麦子旺盛地长着
随风，随潮流，随我

在麦子的跳跃中
成熟期也将是死亡期

在那悲喜交加的日子
我与麦子走到了一起

麦子的宿命也是我的宿命
喜悦是麦子的坟墓

在即将祭奠麦子的时刻
我背叛了麦子的初衷

麦子一生未嫁
我却一娶再娶

麦子像大地的女儿
我像荒漠中的石头

今世我虽主宰了麦子
但不能将它的心蚕食

2018年4月26日

水

我把一切归于水的涌动
水，流着
流出故事，流放出魔
石头，滚着
暗夜中的疼痛无以言表
诗句散成黄土，散成黄沙

在水中出道，炼成道具
在汪洋里，捉魔
滚动石头，蹚着过河
不见小舟，不见小桥
洪水中，猛兽出没
水朦胧，草木朦胧

水流着，流成酒，流成干尸
难忘一滴水的恩情
难忘洪水肆虐的暴行
坝在，心就在

向往灵光，胸怀大海

在水中，生灵幻化
出水面，四方如剑
苍穹像伞，寄望像山
时间，潮湿着，流逝着
相思，如一阵风、一阵雨

水穿透石心，涌动成河
一个诗者耐不住寂寞
一个画者释怀泼墨
黑在光亮中徘徊
白在暗淡中超脱

2018年4月28日

天　日

在我的印象里，子夜过后
天日开始苏醒
黎明像襁褓中的孩子，听到哭声
也就看到了天日的笑脸

在我的想象里，梦像一团雾
一有风吹，天就会将胸怀打开
即使有雷雨，七姐妹依然出现
依然在秋风中受孕

有出生就有幻灭
有幻灭就有强大
我是太空中遨游的孩子
不惧颠覆，不惧风暴

在天日的呵护里，我想一夜强壮
即使羽翼还很柔弱

但我有一团滚热的火球
还有一个永不衰竭的刚体

2018年5月3日

不经意

一只漂流瓶，在苍茫中漂泊
念想在寄望中释放
虽然一句话不说
在天际挥手的是我

你不经意地哭了
我不经意地笑了
爱着，美着
情感在旅行

草，微微抬头
高贵，卑微
四季如一根断弦的琴
一生像一首惊叹的诗句

一段恋情，一行荒芜
粮食，杂草，生命
狼在黑夜里唱起悲歌

鸡在子夜后呼唤黎明

你不经意地闯入
又不经意地离开
你想拒绝世间的纷争
又不想将尘世的美好遗忘

偶遇，巧合，也许上演的是一场闹剧
爱了，恨了，这才是一场轰轰烈烈的情感
舞台，角色，不经意的风雨
平静之中的不平静
悲欢，离合

2018年5月14日于青海西宁早

距　离

无法丈量心的距离
我与你
仅隔一栋楼、一条道路
一条河、一个天空

你在天空
我有飞的欲望
你在人海
掘地三尺，我要找到你

心跳决定时间
我不指望你的柔情
我想把你带到理想里
浪漫，纵情

情感决定浪漫
只要你用情

我会忘我

我会将心奉献

2018年5月26日

恋爱的季节

月季花爱上这座城市，爱上了我
我在花丛，在你的相思中

花在耳边私语，你在远方呼唤
我要恋爱了，快来我身边！

到了夏季燃烧的日子，月季仍在木讷
你在深思，爱上一个遍体鳞伤的人？

天如鱼肚，我如锅灰
你在楼市徘徊，我在雨中漂泊

火推年轮，人驱火箭
念想，虚无，空洞的爱恋

也许你就是那一丛丛的月季花
也许我就是那一场场的及时雨

你绽放着笑脸向我走来
我在你忧愁时奔去

一座城市在恋爱
成对的恋人在忧伤

2018年5月27日

岁月，沙漏

岁月，沙漏
尘寰，摇篮

云走雾来
沐雨，舞雪

沙漏的一子
孤苦，幸福

风荡摇篮
云载岁月

在沙漏沉寂时苏醒吧！
在岁月混沌时远行吧！

时光之鱼
转身即驶

沙漏，沙漏

无尽的空洞，无尽的遐思

2018年6月5日

夏 夜

一条虫在夏夜蠕动
风吹开了记忆，草微微颤动
星光忽略了战栗
一颗心膨胀，收缩

天地的距离为何那么远?
鲁莽的侍从，睿智的浪人
有人写诗，有人抒情
探问天地的不合

皈依的人化缘为空
直立的菩提正在爬高
旅途，偶遇，相识
苍穹降临的缘分

化茧，脱蛹，展翅高飞
路，无际；天，空旷
星斗，浮云，苍茫的相思

夏夜炎热，夏风微凉

捕捉爱，如捕虫子，如爬山，如涉水
不眠之夜，想脆弱的群体，想虎豹的善良
满屋是荷，屋顶生辉
归来吧！佛光普照

2018年6月5日

相聚蓉城

夏日的感召
已超过峨眉山的寓意
夏日的火焰
正奔往蓉城的路上

天府之国，麻辣滚烫
一杯酒，启开浓香
一杯酒，重诉友谊的浓烈
来吧！再举杯，让心徜徉

一年一次，总让人期盼
一年一次，总让人留恋
你有千重山的经历
我有万道河的情怀

昔日的一幕又在重演
今日的天更加热烈，更加空旷
此时，你不能不醉

此刻，我不能不尽情

来吧！在夏风中抒情
来吧！在夏夜里寄望
一年一首歌
一年一奔放

2018年6月5日

热　度

热度，高度
一座城池的适度

一朵玫瑰，于温室
错过爱，逃过了绞杀

爱你，恋你的美颜
恋你，爱你的天真

一座城市悄悄走近
一片白云慢慢变乌

想你，一汪苦海翻涌
忘掉你，一场暴雨即至

接近四十度的热浪扑面而袭
这世界，高温，少情

在城池的高度，有奔月的奇想
始于足下，纠于迷惘

在根的深度，祈祷
在苦的源头，思过

2018年6月8日

见　证

树叶黄了，有那个街坊见证
还是那棵老梧桐
弓着腰，驼着背

岁月已长成花朵，每年开了又败
忘记街坊时，留下的种子依然成活
依然长在城市的心脏

一条河是城市放黜的血
血红着，往返的人筑成河堤
每走一步，有歌伴随

一条路一拓再拓
宽窄是市民的心。见到太阳
也就找到了寄望

水流，一座城池也流动
伴着舞，一簇人疯了

一簇人互不相识

有风的日子，四季在变
骑单车，找孤独
住高楼，找失去的感觉

2018年6月8日

在路上

昔日的霓虹像破碎的镜子
今日，白云一地
前行，朝着天际的方向
一路走，一路洗礼

泸定桥，康定城，稻城，亚丁
都市的风花雪月远去
今日在川藏路上
与天比高低，与地比宽窄

在天际，草与我在一个高度
石头的梦想是我儿时的童话
一阵雨，一片蓝天
我的悲喜与雪山与共

无风的日子无法感化
雪崩之时也是苏醒之时
雪水打开了感伤的通道

车行，徒步，高处不胜寒

海拔四千五百米，与内心碰撞
由空旷迸发遐想
在困顿的水域，我想幻化成一团白云
在无垠的蓝天，我想幻化成一棵草
一块盈泪的石头

2018年6月13日早于西藏理塘

在天的高度

在天的高度，做一个倾听者
倾听树的声音、奇幻的鸟鸣
及自然飞沙走石的炫音

在风景迤逦的天堂，做一个使者
把直观、触摸及还未触摸的美好
带给内心，带给每一个勇往直前的人

在风里，我想与人分享世间那份独有的稀缺
将那份感受化作幸福，化作相思雨
不论白天黑夜，飞过万水千山
浸入到每一个爱恋者的心扉

在路上，我驶离一个又一个困惑
把在都市早已忘却的那份狂想
撒向草原，撒向坚强的树林
撒向近在咫尺的雪山

我的感受卑微而伟大，虽然追求渺小
但我的胸怀一望无际
我的视野广阔而现实

我能独享这份孤独与快乐
那是洗礼之后的重生
我是一棵草的灵魂
我是一棵树的希望
我是一块长满花朵的石头

2018年6月14日早于西藏左贡

云

云，天空飘荡的诗话
一会儿苦，一会儿甜，

云来了，那是天葬的灵魂
白的，还是白的

云走了，雨来了
有什么不开心的话要说?

雨过天晴，又是尘世间的俗事
卿卿我我，有什么恩仇不能化解?

云啊，无视轻重的漫游
寄望，归宿，远方

云归来，我归去
云归去，我归来

2018年6月17日早于拉萨

起　飞

起飞，从一个高度到另一高度
一个世界虚无
白云，高山，流通的空气

从哪里来还要到哪里去
过往是空洞的流体
停止，匀速，激进

再见了，布达拉宫
缺氧的体质不能承载神圣
一路驰骋，一路从误区穿越

飞行，颠簸，摇摇晃晃的思绪
从云里窥视昨天
在蔚蓝里素描思念

在云里，也许快慰
在遐思的空旷里，也许自我

天堂之上，地狱之下

有起飞就会降落
龌龊是黑色的因子
冲出去，在雨中流浪

2018年6月18日于拉萨飞往郑州途中

树

从黑土里窜出的混沌之树
梦有多大，树有多高

梦有像风像雨的恍惚
树在终老时，作古成仙

触你终有奔赴悬崖的念头
树不倒，成崖柏，成风景

一阵风，新芽吐露
一阵风，天翻地覆

世道结石，一颗心混沌
树高了，人矮了

你在树内心，与虫作古
我想素描，越描越黑

2018年6月28日

原　来

原来，我是悬着，悬在半空
悬在苦痛人的心上

很重，很重，我不想施压
不想就此让一个人失去

一地鸡毛，犹如幻梦
梦醒，我在另一世界

飞起来，群星荟萃
唯有孤独不能释怀

想你吻你是我最大的嗜好
爱你塑你是我最大的升华

走吧！尾随你的影子是我
来吧！我就是你走失的魂魄

2018 年 6 月 29 日

恋爱季节

恋爱季节，我把人一分为二
上半身为名，下半身为欲

你说，活着真好
活着是为了名利

我说，活着真累
活着是为了死去

恋爱季节
你缠绵我，我缠绵你

恋爱真好
恋爱是为了不愿过早地死去

活着为你
死去是为了不愿看到一个将要背叛的你

2018 年 7 月 10 日

世界像一层皮

在你的世界，我犹如小虫
在我的世界，你像个庞然大物
在这个世界，我爬着
你走着

你走着，走进我的极限
我爬着，爬进你的误区
你总是误判
我总是落伍

你说，镜子模糊
不易将人看清
我说，人是透明体
轻易就能将谎言打碎

世界像一层皮
遮掩着女人的隐私
掩盖着男人的欲望

我是一片卑微的野草
长不高，冻不死
你像娇艳的花束
在四季里飘零，绽放

你走着，我爬着
假若你我为伍
一个饮酒的诗者
在此难以释怀

2018年7月12日

怀 念

山，肃立成巨人
水，倾情奔泄

十年了，那山，那水
那长眠于地下的灵魂
5·12，时间永远定格在世界晃动的瞬间
恍惚，呜咽，悲痛

从此，一颗颗伤痛的心长成了禾苗
长成威风凛凛的大树
一个村镇拔地而起
一个城市重现

岷江水，雄浑着
唱起哀歌，唱起悲壮
灾难因地球错位而起
站立，将迷失的灵魂归队！

时间因灾难而悲痛
生命因卑微而强大
一场雨抹去光阴的伤痕
一道光重开青山碧水

5·12，逝者的祭日
5·12，永生的不朽

2018年7月20日于汶川映秀

错　觉

天慢慢地黑了
我慢慢地矮了
黑掩饰了一切
而我，仍在行走的路上

天，像个黑锅
正蒸煮着我的灵魂
我像水，蒸腾后
正沿一条光明之路行进

黑暗中，我在做梦
光明中，我像一棵稚嫩的草木
水开了，一个警句紧接一个警句
我在品茗，禅语是悟觉

天亮了，黑成女子
爱不够，恨不尽

水像跳跃的因子

四方环视，上下涌动

2018年7月23日

雨

来自云天，无知在风里
无论有无雷电
雨急促而下

淋湿衣裳，清洗花容
伞旧了，人散去
雨，窃窃私语

雨是飘落的夜话
梦里抒情，梦里相思
又有谁在雨中亢奋?

三伏天，风雨降暑
也许这是上帝对凡人内心的慰藉
可雨总来迟，又匆忙离去

现实超乎自然的想象

开花，落下沉重的石头
快跑，却落下病疾

在雨中想象幸福的时刻
用情交融，激动
损伤的白骨，何以平静？

2018年7月27日

预　言

盛夏，酷热验证了寒冬的预言
毁灭是火的自由
重生，激发水流动

自然之血，水之血
有灵动，有水声
潺潺之流，隐隐作痛

与风不谋而合
云里雾里都有情缘
只要雨落下，一切化为乌有

在盛夏，有蝉鸣
不知何物闯入，一个世界嘈杂
一个世界翻滚

雨是凡尘之谚语
风云不会巧合，雨过天晴

一个世界方圆，一个遐想空空

站在洪流，不为苟且而动
辨真伪，立风骨
何惧激流?

2018年8月1日

城市病

城市病，在风里，在雨里
在一群焦躁不安的人潮里
喧嚣，浮华，冷漠，抑郁

一条街流行感冒
一条河排出污流
一片天云里雾里

这灵魂中拥挤的病床啊
白色通往天堂
黑色驶向地狱

躁动是发病的缘由
走进去，走不出来
倒下了，再不能爬起

呻吟，从底层的人群发出
诉求，在寄望中湮灭

纯洁，幻化为白色的恐怖

风来了，风中夹杂的空气有毒
一道道风景线在筑建栈道
走吧，淌着泪过河，前行

城市是生命的心脏
在地平线起伏的脉搏不能平稳
血殷红，流通受阻

越过城池，一条道通往圣洁
一条河流向广阔
一群人在远方眺望

2018年8月6日

行　者

在黑暗的时刻，等待黎明
喧嚣，浑浊，清醒
糊涂是处世的一块清凉石

上五台，拜文殊，香火缭绕
神灵，天地，前世，来生
芸芸众生，遍地草木

五台山，文殊菩萨的道场
顺治脱俗而至，僧人、居士、凡俗
乘雾而来，化云而去

佛如圣水，从山涧汩汩直下
度心，度肠胃
施主啊，有谁知道这是文殊菩萨的血？

初秋就赶上一场大雨
雨来自希望的命脉

泥泞是暂时的，是干净的

行者，背负悲欢的朝圣者
一股清凉在渗透
一股热潮向外奔涌

2018年8月11日早于五台山

与 佛

走进山，与佛一程
佛匍匐着，我站立着
点燃沉香
佛离我越来越近

山的眉眼是佛的眉眼
在五台山顶，打坐，祈祷
骨成石，魂成草木
苍穹即为视野

风的走向是佛的走向
四方众生立在风口
乌云骤变，云缭绕
雨成佛

上五台，端正心
驱魔，化孽
一岁一洗练

一岁一革新

聆禅语，水流动
八方拂面，万物皆空
生如一条溪流
死如一股疾风

2018年8月12日早于五台山

相 遇

在雨中相遇，我折服于你对云的忠实
那肌肤的感觉胜过雨的清凉
在无风的雨中，花伞撑着对天空的浪漫
那种幸福犹如沉睡之中的寂静
天地虽小，但是，你丰满
你足以使我忘形，让我陶醉

我想这世界只有雨的声音
对你对缄默的沉湎，深深撕裂我的神经
在没有沙漏的灵魂交融之中
你留给我时光的背影虽然不长
但，我曾经失落的魂魄在你的影响下
无法在流弋的涟漪里停止
无可分离，无可走失

流水的情感在我的血液里汩汩直颤
好想说一声：爱你！
哎，不能！

雨马上要停止了
晴朗对我是美好还是灾难?

雨啊，我不知道你来的何意
我只享受在你胸怀里的那种清凉与温存
我忽视你的流逝太多，太多!
你走吧，你走失的那段爱情是我的疼痛
要走你就走吧!
我没有理由将你阻拦!

要走你就走吧!
不要忘了你走失的不仅仅是一个爱你恨你的影像
你走失的是一段记忆
走失的是一场天地交融的相会
走失的是与我呼吸与共的一座城池

2018年8月14日

入　秋

做了夏天的逃兵
还是不能入秋
秋水对人物开放
暗夜里，有盏灯闪亮

花与果实做了虫的俘虏
蚯蚓是制胜者
土地渐凉
新的种子即将发芽

在平静中不越界
忘了夏日的疼痛也就忘了秋月的忧伤
城乡之水，缓缓地流
流经纯洁，流经肮脏

秋蝉远去

无名之水，从天而降

一地落叶秋黄

一池灯红酒绿普照

2018年8月27日

最　后

假如死亡是生命的最高奖赏
我愿在幸福的尽头
插上你精心培育的玫瑰
忘掉愤恨与煎熬
用诗铺盖你的名字
让灵魂随风而去

假如死亡是爱情最奢侈的宫殿
我愿在希望的路上，栽遍草木
用内心的粪土培育
忘掉积劳成疾的光环
用诗意放飞
将风骨深埋

死亡是生命的唯一
我的选择也只有唯一
生的灵肉属于土地
我的信念将是一具盖棺的风流

风蚀如水
涓涓细流
我向往死亡能够结晶
爱恨像果实一样芬芳
坟墓是再生的里程碑
生死在幸福中穿梭
我想轻轻松松地上路
直至下一个轮回

2018年9月4日

阿克苏

大漠，我一生积蓄的财富
阿克苏，我内心潺流的水

秋叶，一片片地飘落
相思，时差仅隔一个时辰

从一片云，到一阔时空
从一团迷雾，到一望无际的贫瘠

出走都市，走向大漠
我缺血，我惧光

走上大漠的高处
悲欢，离愁

沙漠，我一生缺失的爱恋
爱你恨你，能否终年与你厮守？

阿克苏，不可释怀的想象
我有一张冷漠的面孔，还有一滴水的感念

寂寞空阔，孤独奇特
向前走，石头伴我，沙尘伴我

2018年9月10日于新疆阿克苏

一把小伞

一把小伞，勾起一段回忆
一把小伞，撑起一段相思
你是船上的风景
我是桥上的人流

风走，水流
伞，撑不起支离的残秋
雨中觅月，盛情盛景
灯火入水，酒醇流失

雨水是云霄的眼泪
屋檐之水，流着年华，流着孤独
一笔倔强不能把纸粉化
故事依旧潺潺地散失

晴天是珍藏爱的最佳时间
阳光氤氲，在车水马龙中抒情
阴暗迟钝，在梦魇里失忆

鲜活的芳华，清澈，浑浊

秋之水乃情感之水
人去楼空，花落知多少？
陈年旧事，走失于人世
今天依旧，明天依旧

是伞点缀了岁月还是诗意幻化了秋水？
情是黑夜里的灯
梦是空洞里的寄望
青天，仍见白云，仍见惆怅

2018年9月17日

远，近

走得越远，心离家越近
走得越远，爱与情越深
远了，一颗飞离的尘
近了，一个被星辰窥视的孤独人

走了，从那一刻
一阵风漂洋过海
一块石头抛向云外
一个念想在空中摇曳

也许，世界就像一棵稻草
也许，你我的存在都是虚拟
心是镜子里的明光
灵是阴魂不散的暗影

走着，祈祷着
走着，神魂颠倒着
一路风光

一路磨砺

远了，恍然流走的过去
近了，无法逾越的轮回
离合像一对孪生的姊妹
远近像一对相思的情侣

走近幸福，走进一片湖泊
经历苦难，像是又获一次重生
远方有一道光，有一处胜景
在风里，相思，留恋

2018年9月27日早于埃及开罗

沙　漠

万里之外，生命堆积的沙漠
成山，成流河
我在荒凉的胸怀
拂风，瞻望

蔚蓝贯于头顶
静寂在默默写实
空，继往开来。在这里
我发掘了又一处女地

风，荒凉之中的生命
秋意不再是我编织的童话
爱像一粒黄沙
情像一汪红海

草木啊，我曾经失恋的情人
今于此，你在何处？
撒哈拉沙漠，我即将干枯的肉身

爱在地下，相思遥远

天的直白就是我的直白
愁云被谁掠走？
我寄望的风如此残酷！
我期盼的慰藉如此遥远！

时光飞驰
高山不能阻挡我的步履
河水不能阻隔我经年的思绪
在黄沙的狭缝，我等待
何时我能缩成一粒水？
何时我能成为沙漠的知音？

2018年9月27日在撒哈拉沙漠去红海途中

高，低

天，很高，高过我的臂膀
地，很低，低过我的墓穴

我在登高，越过乌云
我想掩埋在蓝天里

我在觉悟，用直性、风骨
向鬼魅发力

山不在高，有心欢腾
水不在低，有灵则流

高是我的软肋，望见幸福我不想回头
低是我的希望，从深处我能崛起

死是最高的境界，我想死得其所
苟且地活，犹如走进地狱

爱是长流的海河
恨是窒息的空气

我想在无限延伸的跋涉中生活
我想在没有拘束的光合中遨游

2018年9月27日于埃及撒哈拉沙漠

颠　覆

在又一世界，又一国度
我的想象开花
开出自我，开出一片湛蓝
云丛里有只上升的鸟
鸟在歌唱，我在放飞

天，黑夜里窜出的幻梦
日在吞云，我在索取
空是成长的孩子
神是不老的传说
火留恋大地，水流经荒芜

热气球，我不敢恭维的丽人
你在七姊妹下凡前呈姿
我在旭日东升后落没
你的想象是一股气流
我的现实是一地黄沙

追逐吧，尼罗河畔的遐思
我若失水就如粉碎
卢克索，四千多年的神话
神颠覆了我。我在漫无边际的
沙漠里，践行

2018年9月29日于埃及卢克索

山，河

山，长着，奢望减少着
河，流着，欲望枯竭着
一条路曲曲弯弯
一个人不方不圆

沙漠像古埃及的面孔，坚韧在腐蚀
风在招摇，世界在分离
风如匕首，如政治的挡箭牌
雨如花朵，在苦难中绽放

有多少信仰就有多少个世界
有几个轮回就有几个地狱
生死是神的旨意
活着，流言，传神

沙漠，不可轻视的误区
山葬于此，河绝于此
法老、古希腊、古罗马、穆斯林时代与今

征服自然的大军如潮水

沉寂虐为河流，隐血颤动
尼罗河奋起了希望
风吹视野，流沙愤慨
草木也将扬帆

山走着，河流着
沙漠犹如死亡的肋骨
冲刷，反复。山河是沙漠的子孙
风里雨里，人走马去

2018年9月29日埃及从卢克索去红海途中

在尼罗河畔

终于，在我积聚半生的愿景里
我来到了埃及，来到了尼罗河畔
我步法老、古希腊、古罗马、穆斯林
大军的后尘前行

尼罗河，我内心澎湃的血啊
此时，我想分身
一份灵肉随河流滚滚而下
一份情思逆河涛往前追溯

撒哈拉大沙漠，一首壮丽的诗篇
山河悲壮，生命顽强
在撒哈拉沙漠飞驰
我入梦幻，我死而复生

天，我干燥的上苍
快赐我一场及时雨吧！
我想在生命的花丛中遨游

我想在烟雨弥漫的空旷中相思

尼罗河，我来了
我就踏着你的足迹而至
我要随你而去，寻觅天上的星辰
地下的神韵，驶入地中海，走向狂潮

撒哈拉沙漠，我就贴着你的皮肤
我想将自己幻化，幻化成一滴水
一缕地下默默无闻的根
与你呼吸与共，不离不弃

2018年10月1日早于埃及开罗

金字塔

这不是金子
这是一座由灵肉堆砌的石身
掘一座山，砌筑一座欲望
飞沙走石，从古埃及的驼铃里
走出历史的遗痕

沙漠，石头，欲望
辉煌，死亡，复活
尼罗河冲刷着一个又一个时代
希望在战火中萌生
金字塔竖写着血泪，抗争

金字塔，一块一块的白骨
沉重压得历史“咯吱吱”响
水的情结也是风的情结
狮身人面招之后来者
驻足，观望，忧思

法老躺在沙漠，等待复活
沙漠的疼痛犹如尼罗河的疼痛
人繁衍，绿洲在望
巨石像大漠的身躯，塔顶像不朽的花朵
尼罗河犹如生命的长龙
河水“汩汩”作响

2018年10月2日于埃及

为水而来

不为高度，仅为水而来
哈利法塔，八百二十八米
奢侈、欲望的天堂
我是尘子，踏尘而来
为稀奇，为无为

迪拜，沙漠里堆起的金子
像帆，像摇摇欲坠的明天
我是海子，饱尝苦难的滋味
置身沙漠，直视太阳
有澎湃，有低潮

希望，外来的孩子
和平，风暴，不可预测的未知
在风里寻觅祥和
在雨里等待幸福
你走，我来

有水才有生命
有人才有爱情
塔高，那是欲望的象征
绿色，才是生命的延续
在这里，金子像沙，像过往的水

仰望高塔，我想起明天的败落
捧起沙粒，我想起我失散的魂魄
眺望大海，我内心苦咸、怅惘
我是一粒沙，不能与沙固结
我是一颗海盐，不能与水恋爱

也许，我是祈祷的幻尘
也许，我是未来的因子
诗与远方是我的症结
水能补给我血液。我想做水的使者
往返，流动

2018年10月4日早于迪拜

暮 秋

在暮秋的路上，乡村在萎缩
大写视野，小写困顿
一撇清天，一捺归地
我缄默，如囚徒

走着，走着，走向荒芜
秋水荒凉，秋水透亮
举目远眺，无为之花开了
尘为花絮，我为枝条

跨沟，过坎，又入故乡
伤感之地，留恋之水
我曾爱抚的庄稼，开花，成熟，牺牲
故土，坚强的种子，破土又生

向冬走进，离乡之人重操乡音
一句土语，一句方言
十年树木，百年人走失

风飕飕，拾忆，挽秋

颓顶的枝条，乌鸦在叫
暮秋像一面浑浊的镜子
旷野里，路渐渐变窄，柳叶黄了
庄稼人，背朝天，祈祷着……

2018年10月22日

阳光下

阳光下，我孤独地站着
站成树，站成风流
我随尘而去
心如刀割

假如我成为河流
急流中，我涤荡
相思也许成为石头
我，已不能自已

有时，滚动也无奈
崛起如抗争
奋进，振臂
在走石中觅祥和

反光，折射
时代的烙印总在脑海
血液是舞动的音符

有振动就会有风暴

阳光下，我为气度
踏寒而来，乘暖而去
与子牛，一起上行
与驼马，一起拓荒

2018年10月23日

太阳之子

天，总有些灰色
我是太阳之子，被女神邀约
一弯上弦月
那是我梦里的苦涩

蓝天被白云涂抹
雾霾又被风带走
我疼痛之中钟爱的女神
你身披朝霞，云里雾里

梦里的寂静
我一去不返的童身
相思如此巨大
这浩淼的世界，爱在哪里?

秋去冬来
一种景象接踵一种景象
女神是太阳下凡的侍女

她属于我，更属于凡尘

天，时黑时白
在黑里，我是一条梦虫
在白里，我是一粒看不见的灰尘
浑浑噩噩，我时隐时现

天界从无知开始
地狱在消亡之中延伸
我是太阳之子
在追月之中，早已忘我

2018年10月25日

可　以

可以不喜
可以不悲
可以不往你心里去

风轻云淡的日子
秋的嘱托
冬将降临
这一波波生命的颤音
这一行行生活的造句
这一缕缕斩不断的情丝

可以不温
可以不寒
可以不给你留下遗恨

那风花雪月的过去
春似乎走远
夏火几近熄灭

忘不掉南飞的大雁
抹不去激情的涂鸦
挥不走浪漫的情怀

可以不走
可以不回
可以在心上刻下烙印

洗礼的日子就要降临
对天尽管直白
对地无可奉告
过往也许就是一场纷飞的大雪
失意也许就是一条流经心田的河流
悲喜，走了，又回

2018年11月3日

那人，那树，那生命中飘零的叶片

清晨，风打窗棂路过
投下一缕阳光，带走一团梦
一天就此开始，朦胧胧
云里雾里，挨着他，挨着她
黑又是一团，月儿婉约而来
喧嚣在静止里散失

那人，那树，那生命中飘零的叶片
诗像变幻的季节，那飘忽不定的花儿
一会儿红，一会儿白，一会儿醉了
一会儿把整个世界晕染
过去的老车，轧疼了一遭一遭的过往
新的年轮拖着老树，人依然倔强地前行

流年，那人在疯狂
风中，那树挺拔、威武
故土塌陷坟茔上的那棵小草，枯了又生
流干了的小河像丢失的童年

赶走一段相思
又来一段怅惘
无尽的长河，从心底流出，在视野里打转
那人，居住的世道筑满了风墙
那树，历经沧桑，千年不枯
那生命像无垠的天空飘零的雪片
故事在风雨中戏说，往返
希望在流水中消失，重来

2018年11月7日

一棵树，弯着

一棵树，弯着
一条河，跑着
一条路，不见了

楼拔高，压低了村舍
城池膨胀，困惑住芳心
他想走，她想留

树上乌鸦坦白时，也怕风，也怕寒
鱼逆水而上，将沙石抛于脑后
一条路，从窄到宽，从宽到无

诗是树的旗帜，有风就有音律
一切为河让道，不惧世俗，不惧天怒
心在阡陌，志向万里

一棵树，弯了，又直
一条河，潺流，干枯

一条路，从白到黑

日日夜夜，黑黑白白
树欲静而风不止，有风则静
小径直通苍穹，有心就能到达

2018年11月8日

砍　柴

每一次砍柴，就像劈开我自己
无论燃烧与否
我都骄傲地站着

无论风向，无论潮流
我就站在风眼里
竭力使身躯不倾覆

火速决定毁灭、再生
无奈的选择极其痛苦
死，首先要站立

每一次举起斧头，向天吟诵
木头是无辜的
再生，无须烦恼，只要勇气

我是树的传人，曾为草木
如果一蹶不振

自然被虫餐食

今日我为砍柴的斧头
为了燃烧
我只能披荆斩棘

2018年11月9日

来不及

来不及向风挥手
那积攒在内心的五谷杂陈汹涌翻滚
人如粉尘，仿佛几世的恩怨要挥发
身入囹圄，魂不能自控

来不及向花吻别
那铺天盖地的叶片像落魄的爱恋
每个角落、每个隐身之处几乎占满了哀怨
相思，悲苦、沉重

来不及向雪倾诉
那裸露的世界坦荡，一切灰色、暗流被拒
萦绕耳际的寒风，冷酷、犀利
坚贞与懦弱被洗礼，一层一层被冰封

来不及向月儿告白
那几乎伴随一生的影子，像无形的刺
忽而疼痛，忽而觉醒

爱，不仅在阳光下，也在黑暗里

来不及在青春里留下感言
婆娑的时光一溜烟地散失
无情、爱恋、怨恨，无论深浅，都平静而去
世界平凡而伟大，生命短暂而深远

来不及在燃烧中驻足
无论粉碎或是遗留白骨
那岁月的粉尘，在烟云中失散
痛苦而幸福着，爱恋而失意

来不及为诗画上句号
那一场一场的喜悦、哀伤在秋风中回荡
那飘落那荒芜那无尽的广阔都是喜悦
喜由愉悦而悲伤，悲由哀伤而燃情

来不及在一场皑皑的大雪中闭目
那陷于尘世的灵魂还在漂泊
召唤自己就像召唤一场疾风
雪白的肌肤，几时不哀痛？几时不期盼？

2018年11月18日

冬天，我们结伴而行

冬天，我们结伴而行
到海的天堂，与海神相会
倾诉苦咸，在浪漫中受孕
生一摊白沙，繁一地海石

冬天，我们结伴而行
到北国的大漠，与胡杨林依偎
写下最庄严的诗句
横写冷漠，纵排广阔

冬天，我们结伴而行
沿祁连山的山姿，行走草原
与牦牛马羊来一次最亲近的接触
吹一曲风的壮丽，舞一个灵的圣洁

冬天，我们结伴而行
沿东方燃红的地平线，寻觅心灵的开始
抛下五谷杂陈，用酒的醇度

洗心洗肺，再造素养

冬天，我们在中原的心脏
举杯邀月，对酒狂放
酝酿一场暴风雪的场景
笑对纷纷扬扬的悲欢

2018年11月22日

酒　神

在茫茫的原野，我离酒神不远
心的行囊犹如我躯体的沉重
一粒粮食走近，犹如我的诗性走近
酒的到来，也是我升华的开始

身陷囹圄，桎梏我的是瓶子
我有水的度量，也有燃烧的本能
我是海底的虫子，一世无光
也许被餐食，也许成为珊瑚

蒸发就结果。我是另类
做了肚里的虫，又被人嫌弃
但我寂寞着快乐着
痛苦着又幸福着

我想做粮食的情人

与酒依依不舍

无论成气成才

我都在人心里

2018年11月22日

存 在

总能感觉你的存在
虽然，你不在我身边
甚至，有时恨我

距你只有一束花的距离
你的飘落，你的沉沦
时时把我牵动

你吐出的语言，虽然无果
但，你的心像一根刺
时时痛穿我的全身

一棵草木，微不足道
你的存在像流动的水
你走了，我枯萎

想你的灵肉，想你的骨头
飘来的雪片，冰融的细水

催着我，推着你

总能感觉你的存在
无论前世或者后生
我还是将你比作花、比作雾
你像一块海绵黏着我
我像一块石头撞击你

2018年11月23日

在江上

踏着薄雾，入江
登船，逐浪
船启航，心开始荡漾
夜无语，我闭目

这是夜话，谁为落难的鱼儿诉求？
江水暗淡，我心怅惘
流动之水天上来
要去何方？

江之水，生命之血液
江在心上走，我在江中游
没有童话，不能放纵
我是江水，我是顺水而下的宠儿

船在江上走，我在浪里行

一夜被酒所困，一夜为鱼而歌

奔腾之水，发出颤音

流出庄严，流出诗的壮阔

2018年11月25日早于重庆至宜昌游轮上

人与鬼

今日，我在丰都见到了鬼
鬼与人的模样一样
在人与鬼的分辨中，我把鬼当成了人
于是，这一天我过得很轻松

与鬼相处不用过鬼门关
于是，我做事简单而行
几乎忘了自己与鬼的存在
也不再计较生死的距离

黄泉路上，人鬼相遇
人有人论，鬼有鬼道
往前走，不回头
人鬼都能成佛

向谁赎罪？向谁祈祷？

鬼是人的化身，人是鬼的再造

人有骨头，鬼有灵魂

很多时候，我做人又做鬼

2018年11月25日于重庆丰都鬼城

望　江

说不清长江是清澈还是浑浊
说不清长江是慈祥还是雄浑
江的张力足以把山推倒
船的吼叫不是愉悦就是哀痛
我与村子一起迁徙，到另一处时
才知道自己无知，才感到落伍

我是水的成分，整日沉湎于忘形
水流我也流，水涨我也长，渐渐，我的年纪也成
　为水流
驻足白帝城，滚滚江水如诗
白帝、武侯、诗人，英雄已古，物事风流
昔日江水如潮，今日江山如歌
我为游人，为何而悲？为何不歌？

江水浩荡，物事汪洋
三峡之水从心流过，流经磨砺，流经怅惘
古人论道，镌刻诗句，千年不朽

今人思过，一痛再痛，终留遗憾
瞿塘峡、巫峡、西陵峡，三峡聚宝
聚成渴望的堤坝。我为今人
伫立滚滚的长江，遐思，畅想

2018年11月28日早于宜昌

高　度

无法猜测海的高度
海的高度，从零突破
轻轻剥开水的波纹，有一无以言表的冲动
做爱如此，失恋如此

走向大海，无疑向世界宣告自己的结束
盐的跳动与沙石紧密相关
哲学的诞生说明了另一生命的存在
与世界互动就是与生死诀别

伟大的起源来自一滴水的蒸发
在这阴雨连绵的天气，细微的感言
能牵动远方的一颗心。微风中
不能释怀水涨船高的警觉
还有海的高度、你的存在

登上一座岛，仿佛又被苦咸包围

酒肉穿肠，一种预言在昭示
厄运与毁灭。幸福是弱智的体现
一种宣泄，一种拥抱，完美又惬意

2018年12月9日早于海口

天地之间

天与海仿佛在翻转
天空暗，地上绿
海不静止，天不作美
一只只候鸟从北而至
一个个幻想家南来北往

观海，踏浪，行船
天地之间有树，有高楼，有深不见底的缝隙
来吧！来一场轰轰烈烈的艳遇
来吧！来一次轰轰烈烈的高潮
大海起浪，天空依然静谧

细雨像牧笛，这里有餐食的牛羊
早晨，晚起，好想继续做梦
好想去海边沐浴一场大雨
也许，观海的是盲人
也许，踏浪的是疯子

酒醒，早已忘了海鲜的美味
此时，一个外乡人忘了故乡
一个淘金者不知所措
做候鸟，继续高飞？
做诗者，继续流浪？

2018年12月10日早于海口

梦　境

大海，我前世的梦境
走向大海，万千个细胞奔涌而裂
此时，我融入苦难
走入另一空间

年岁，让我失去踏浪的感觉
往北，我苦咸的浪潮一浪高过一浪
往南，我的历程即将终结

与沙石共舞，在海风的激荡里
没有誓言，只有与暗礁碰撞
也许湛蓝是升华的过往
也许珊瑚是沦陷的表现

在海水的跳跃中，哲学有生死的悬念
一个生命蒸发留下一个空洞
观海是历练，是超越

都市犹如海市蜃楼
沙滩犹如失去的年岁
去光合中炼狱，再造
在失去中升华，成佛
在梦里前行
现实犹如一片汪洋
往南，往北，虚无，无处不在

2018年12月11日早于海口

魔向我走近

魔向我走近
那枚贴近心口的秋叶已不能藏身
黎明刺疼我，正午诱惑我
黑夜将我掩埋

魔是我前世的情人
它伴我成活
过一天有一天的裂痕
过一天有一天的警觉

有时魔发作
有一阵风汩汩作疼
有一场雨骤然落下

寒冬又见白魔
与我厮守的情人的黑发已经脱落
无心与诗谈情

无力与自然做爱

魔向我走近
在灰白的时光里
我想找到那片曾经微笑的花丛
还有那个嫉恨我的敌人

2018年12月20日

麻　雀

多时不见麻雀，还见笑声
多日不见麻雀，耳闻嘈杂
多月不见麻雀，游走他乡
多年不见麻雀，依然怀旧

小时，我是麻雀国里的国王
王后王妃和我
我与麦子嬉戏
在高粱地里撒野

城池乡村是我的国度
戏水，觅食，筑巢
我的思念是一片蓝天
我的束缚是一道闪电

轰隆隆，叽喳喳
偌大的世界不归属我
麻雀越飞越高

我越走越矮

树老了，河枯了
麻雀的心贴着天
水往东流
我的心渐渐入地

2018年12月21日

在雪中

在雪天，我想啃着我的骨头
一醉方休
尽管宝贵的灵魂想出走
在雪天，我要呼吸

雪啊，我少见的挚友
就在昨天的相逢里
你啃着骨头，我啃着骨头
我们一起一醉方休

你走着，我走着
我们啃过的骨头留在地下
你走着，我走着
在雪天，我们互相搀扶

血，流着
那是我向死亡发出的警告
在雪里，你融化了

我淌着血，仍不低头

在雪天，我们都是骨头
尽管即将粉碎
你会成为十字
我会成为流水

2018年12月24日

麦　地

天上之水，我今世的眼泪
一滴滴，一行行
滴成了种子
滴成了麦芽
滴成了流水

麦地，孤独的坟茔
一棵柳树扬风
一棵柳树祈雨
麦子，孤傲地站着
日月在行走，我在行走

五月，是我的壮丽
辉煌与我为情殉葬
镰刀组成的舞队，圈着尘土
一粒麦子与我
忘情，忘我

十月，我与麦子又一次出头
依着柳树，伴着坟茔
在风里，我听到了童谣
雪来了，我抛弃喜悦
在遗忘中，又继续流浪

2018年12月24日

原始之水

雪，幻化成精灵
欲望之水，原始之水
水是天使的血
当一天生命厌倦了凡尘
恶魔从雾霾中窜出

日子从沙漏中过滤
恋爱，分手。成功，失败
风水搭设的戏台
政治家是幕后的推手
一场雨过后烟消云散

云中的小丑，蓝天的欲望
昨天一阵雪的漂浮
仿佛天神在召唤自然
雾霾里弥漫的刽子手
面对老天发怵

雪，清净的影子
也许天使严重受伤
今日欲望如此庄严
平凡的生命，可怜的水
去哪才能追上精灵？

2018年12月28日

语　言

不用吻你
我强劲的肌肤足以将你占有
不信？你就走吧
如果你想要我
你就敞开你的心胸

不用睡你
我结巴的语言足以将你砸倒
不信？你就站起来
如果你要走
你就卸下你的伪装

不用扶你
我攒下的时间足以将你压倒
不信？你就走吧
如果你要走
你就放下你的虚伪

杀手！温柔的杀手！

你呼风而来，乘兴而去

似乎我是你的牺牲品

一方语言比天大

一方语言比地阔

2019年1月3日

其实，你没走远

其实，你没走远
几千年的战火已成遗迹
在玄奘取经的路上
我正前行

成佛的石头都已作古
在风中，在云层
与信仰、孤独成行
越山岗，跨海河

漫天都是石头，都是眼泪的结晶
张张货币，化作云天
逃脱的夕阳，逾越了国界
心在哪里，飞行就到哪里

加尔各答、孟买，一个陌生的世界
曾经的战火燃起我的心扉
走失的过往，更替的年轮

佛祖虽然已古，但我的灵眸依然苍翠

风浪里，我已走远
时间像零星的琥珀
深海有底，我在呼唤
远方不能画圆，近处无律无忌

其实，你没走远
你就在我的视野里
在我的骨头里
你变，我就去黑夜中找你

2019年1月5日于印度孟买

拥　堵

拥堵，堵了一颗心
堵不住孤独
走出国门，星辰失眠了

早想与你一起去看花
你像雾
像千年不化的石头

你想去异乡，与花一起编纂故事
孤独顺水流，流过孤苦
漫过湿地

花容年华，写进诗内
撵不走，抹不去
只有与你相伴

在车水马龙中疾驶
跟不上你的脚步

猜不透你的心思

当星辰如痴如醉时
你在原处
我仍在践行

2019年1月6日早于印度新德里，小雨

来得及

在风尘的尽头，还没来得及撒盐
风光里，一个一个的咒语凸现
笔，记下一日的行程
却不能将遗恨抹去

来得及，一切都来得及
你是朝圣者，正匍匐前进在圣洁的路上
虽然你曾经失足，但你正在忏悔
虽然你寂寞，但你没忘记你是土地的孩子

征途中，还没来得及向昨天告别
一步一步的脚印，已踏实了遗憾
泪，虽没外流
但，那缺水的疼痛一点一点向生命逼近

来得及，一切都来得及
你是跋涉者，正朝陌路开道
虽然你曾经迷途，但你已经忘我

虽然你孤独，但你已驶向另一高度

没来得及穿越洪流
仍来得及阅读世界
一路跋涉，一路忏悔
一路朝圣，一路警觉

2019年1月6日晚于印度阿格拉

编织的世界

这世界，真实、恍惚
有时，我真实得如一粒寰尘
有时，我恍惚得如一团迷雾
我被编织，被驾驭

我真实地走着，穿行于五颜六色
我恍惚地做梦，与雄鹰比翼
云里雾里，我如一具白骨
如一粒不甘寂寞的尘埃

上帝赐我成活，神赐我发音
我迷恋的世界，在虚幻中沉浮
飞翔之中的神话
躺于废墟之中的神庙

存在是真实的
我的存在将神话延续
恍惚虚无

被编织的我在程序中运作
大写世界是神职
超脱是觉醒者
大千世界，光合、分离
我是感受者，在涅槃中重生

2019年1月8日早于印度斋普尔

眼　睛

我有两只眼睛
一只观看
一只与世界对接

我有两只耳朵
一只聆听
一只向世界告别

我有两个世界
黑色已出走
白色在远行

我有两个胸怀
一个被拥抱
一个正解脱

我有两个梦境
一个在现实
一个在虚无

我有两个愿望
一个在起飞
一个正降落

我有两只脚丫
一只在前行
一只在倒退

我有两只大手
一只在挥泪
一只在微笑

我有两个瞳孔
一个在扩大
一个在聚焦

我有两个身体
一个在真空
一个在消失

我有两个灵魂
一个是明了
一个是没有止境的符号

2019年1月9日早于印度斋普尔

一半给你

走着，飘着
一半给你
一半给我嗷嗷待哺的婴儿

走着，飞着
一半给你
一半给我不懂事的孩子

你有半个身体
半个身体的美丽属于我
你要出走，你要寻找另一半

走着，晃着
一半的我找不回来
我那啼哭的婴儿已经长大

走着，抖着
一半的我已成半截诗

我一边呼喊孩子，一边安抚我的另一半

你有半个身体
半个身体的美丽属于我
你要嫁人，嫁人就嫁我的另一半

2019年1月9日早于印度斋普尔

恒　河

人走着
鸟飞着
船行着
恒河，潺流着

母亲从天堂走来，走向恒河
沉骨如沙，如石
远景悄悄打开了黎明
黑夜关闭了苦难

静坐的牛等我写诗
母亲在耳旁呼唤
恒河依偎着土地
唱着，舞着

小舟承载着希望，远行
恒河数千年涤荡着神话，冲刷着故事
诗悲壮。将幸福、苦难缩写

恒河啊，佛的眼泪，通往圣洁的天河

这欲生欲死的神河
这流进天堂的声音
人像水一样
从涅槃走出的你我，多想直达天堂

2019年1月10晚于印度加尔各答机场

绳　子

回忆像绳子
绞着脖颈，绞着心

一种幸福是死
一种幸福是活
欲死欲活的感觉真好
有你的存在，我平静地走着

回忆像绳子
解着疙瘩，结着疙瘩

一种相思是忘却
一种思念是回忆
失恋真好，你的倩影已刻进我的脑海
永远不会老，永远褪不去

回忆像绳子
拴着这头，牵着那头

一种牵挂是无形
一种寄托是无影
想象真好，你是佛的信徒
只要莲花开放，我时刻都喜欢

2019年1月14日

诗是你的名字

没想过用你的枝叶写诗
没想过用你的花容粉饰
更没想过诗是你的名字

走着走着，走进你的肉体
没想过一张纸可以展开世界
没想过一支笔可以触动灵魂

诗是你的名字
我只好一日一日地相思
一日一日地珍爱

用你的名字写诗
总难忘与你一起经历的苦痛
总难忘与你一起欲醉欲仙的感觉

微笑是你的名字
一个活泼的灵魂在颤抖

一支雪中的腊梅正开放

用你的苦难写诗
写一横一竖的祈望
写一撇一捺的焦虑

2019年1月14日

高架桥

高架桥
一条腿架起便捷
一具身躯延长着想象
现实压缩了时空
过往压碎了遐想

高架桥
撑起生命的腹腔
胃在退化
心已收紧
手脚被生活羁绊

一人慵懒于数据
一车往返于追逐
树是城市的眼睛
道路是城市的身躯
念想发酵，奔波失去距离

一早希望成龙

一日忙碌疯狂

爱于大厦

恨于地平线

付出已架高，得失已压实

2019年1月24日

一人一世界

一块石头，昂着头，滚着
一粒尘埃，附于物事，脱离了世俗
一只蚂蚁，窥视着世界，忘记了自己
一个人，行于风雨，忽视了存在
一个世界，可大，可小

一草一木，生命都有情怀，都有感动
一水一土，流走的岁月，镌刻于大地
一火一金，燃烧的年华，有明有暗
万事万物，一人一世界
载歌载舞，非神非鬼

一夜的相思，能否找回一天的迷茫
一月的情丝，能否激发一月的迷恋
一年的情殇，能否弥补不再忆起的往事
子夜是我的墓穴，幻化灵魂，我将重生
黎明是我上路的时刻，趁着旭日，我将挥发

得失像浮云，爱恨像旋风
一块石头不惧疼痛
一粒尘埃不失忧患
一只蚂蚁不惧庞大
我是一首孤独的情诗，一人一世界

2019年1月24日

图书在版编目（CIP）数据

诗是你的名字 / 米成洲著. -- 北京：作家出版社，2019. 6

ISBN 978-7-5212-0519-0

Ⅰ. ①诗… Ⅱ. ①米… Ⅲ. ①诗集 - 中国 - 当代 Ⅳ. ①I227

中国版本图书馆CIP数据核字（2019）第080280号

诗是你的名字

作　　者：米成洲
责任编辑：宋辰辰
装帧设计：老　左
封面插画：老　左
出版发行：作家出版社有限公司
社　　址：北京农展馆南里10号　　**邮　　编：**100125
电话传真：86-10-65067186（发行中心及邮购部）
86-10-65004079（总编室）
E-mail:zuojia@zuojia.net.cn
http://www.zuojiachubanshe.com
印　　刷：三河市兴博印务有限公司
成品尺寸：142×210
字　　数：106千
印　　张：8.375　　**插　　页：**4
版　　次：2019年6月第1版
印　　次：2019年6月第1次印刷
ISBN　978-7-5212-0519-0
定　　价：45.00元